기획의 말

그리운 마음일 때 'I Miss You'라고 하는 것은 '내게서 당신이 빠져 있기(miss) 때문에 나는 충분한 존재가 될 수 없다'는 뜻이라는 게 소설가 쓰시마 유코의 아름다운 해석이다. 현재의 세계에는 틀림없이 결여가 있어서 우리는 언제나 무언가를 그리워한다. 한때 우리를 벅차게 했으나 이제는 읽을 수 없게 된 옛날의 시집을 되살리는 작업 또한 그 그리움의 일이다. 어떤 시집이 빠져 있는 한, 우리의 시는 충분해질 수 없다.

더 나아가 옛 시집을 복간하는 일은 한국 시문학사의 역동성이 드러나는 장을 여는 일이 될 수도 있다. 하나의 새로운 예술작품이 창조될 때 일어나는 일은 과거에 있었던 모든 예술작품에도 동시에 일어난다는 것이 시인 엘리엇의 오래된 말이다. 과거가 이룩해놓은 질서는 현재의 성취에 영향받아 다시 배치된다는 것이다. 우리는 현재의 빛에 의지해 어떤 과거를 선택할 것인가. 그렇게 시사(詩史)는 되돌아보며 전진한다.

이 일들을 문학동네는 이미 한 적이 있다. 1996년 11월 황동규, 마종기, 강은교의 청년기 시집들을 복간하며 '포에지 2000' 시리즈가 시작됐다. "생이 덧없고 힘겨울 때 이따금 가슴으로 암송했던 시들, 이미 절판되어 오래된 명성으로만 만날 수 있었던 시들, 동시대를 대표하는 시인들의 젊은 날의 아름다운 연가(戀歌)가 여기 되살아납니다." 당시로서는 드물고 귀했던 그 일을 우리는 이제 다시 시작해보려 한다.

기획의 말

그리운 마음일 때 'I Miss You'라고 하는 것은 '내게서 당신이 빠져 있기(miss) 때문에 나는 충분한 존재가 될 수 없다'는 뜻이라는 게 소설가 쓰시마 유코의 아름다운 해석이다. 현재의 세계에는 틀림없이 결여가 있어서 우리는 언제나 무언가를 그리워한다. 한때 우리를 매혹시켰으나 이제는 읽을 수 없게 된 옛날의 시집을 되살리는 작업 또한 그 그리움의 일이다. 어떤 시집이 빠져 있는 한, 우리의 시는 충분해질 수 없다.

더 나아가 옛 시집을 복간하는 일은 한국 시문학사의 역동성이 드러나는 장을 여는 일이 될 수도 있다. 하나의 새로운 예술작품이 창조될 때 일어나는 일은 과거에 있었던 모든 예술작품에도 동시에 일어난다는 것이 시인 엘리엇의 오래된 말이다. 과거가 이룩해놓은 질서는 현재의 성취에 영향받아 다시 배치된다는 것이다. 우리는 현재의 빛에 의지해 어떤 과거를 선택할 것인가. 그렇게 시사(詩史)는 되돌아보며 전진한다.

이 일들을 문학동네는 이미 한 적이 있다. 1996년 11월 황동규, 마종기, 강은교의 첫번째 시집들을 복간하며 '포에지 2000' 시리즈가 시작됐다. "생이 덧없고 허기질 때 이따금 가슴으로 암송했던 시들, 이미 절판되어 오래된 명성으로만 만날 수 있었던 시들, 동시대를 대표하는 시인들의 젊은 날의 아름다운 연가(戀歌)가 여기 되살아납니다." 당시로서는 드물고 귀했던 그 일을 우리는 이제 다시 시작해보려 한다.

베를린, 달렘의 노래

문학동네포에지 085

김이듬 시집

베를린,
달렘의
노래

시인의 말

긴 장마에 불러보는 그리운 이름

이은정, 베르너, 김은희, 홀머 브로흘로스, 에릭, 다니엘라, 모슬러, 희경, 안드레아, 김동노, 알렉스, 박명준, 훈, 김효균, 유경, 박희석, 가브리엘, 수진, 주용, 혜정, 영수, 규완, 형진, 지민, 진아, 지나, 우베, 매슈트, 종성, 동하, 홍기, 빈센트, 다니엘, 이명숙, 겔링, 아스콜드, 한정화 등등

혹은 스쳤던 모든 이, 베를린 리포트,

어른거리는 그 온갖 것들,

그리고 허수경 시인.

한국문화예술위원회 지원을 받아 베를린자유대학 파견 작가로 봄, 여름(2012. 4. 17~8. 30)을 살며 쓴 부끄러운 시편들을 묶습니다.

2013년 여름

김이듬

개정판 시인의 말

파도 소리 들린다. 죽은 포도나무에서 포도가 열렸다고 지미가 마당에서 소리쳤다, 심지어 풍성하고 달콤하게. 나는 친구네 거실에서 교정지를 보고 있었다. 파묻혀 있던 시집이 세상에 나올 거라서.

내가 가장 좋아했던 시집, 온전히 베를린, 달렘도르프에서 썼던.
좀 모자란 듯하고 가벼워도 그 시절 그대로 가자.

오래전 숨을 멈춘 존재에게 목소리를 찾아준 문학동네에 감사드린다.
이 시집을 읽어주실 독자분들을 설레는 기쁨으로 기다린다.
나의 40년 지기 벗 박지미에게 사랑을 전한다.

2023년 추석연휴 끝날
영덕에서
김이듬

차례

1부

지금은 대추야자의 씨앗이 움트는 아름다운 시절
추락하는 모든 이에게 날개가 달렸다
—잉게보르크 바흐만, 「유희는 끝났다」

날아가는 꿈

날아오면서 잠이 들었죠 공중에 뜬 채 꿈을 꾼 거죠 휘몰아치는 바람 속에서 책을 펼쳤는데 글자들이 다 흩어졌어요 벌레처럼 꿈틀거리던 내 시집의 활자들이 활짝활짝 날개를 펼치고 날아올라 완벽하게 증발하는가 싶더니 검은 눈송이로 흩뿌려졌어요 속이 시원했어요 찬바람 부는 테겔공항에 내렸어요 봄 대낮에 출발했는데 겨울 어스름에 닿아 있네요 불안한 내 그림자가 어른거리다 저만치 휘발해가는 밤이에요

그리운 로자

담배를 피우며 숲길을 걸었다
인적이 드문 숲 깊은 곳까지 왔다고 느꼈을 때
길을 차단하는 울타리가 있었다
먼저 머리를 난간 사이에 넣은 다음 양손으로 나무뿌리를 움켜쥔 채 난간에 낀 궁둥이를 계속 흔들며 비틀었다
이럴 만한 이유가 없지 않은가
여기나 저기나 뭐가 다른가
간들 뭐가 있겠는가
아는 사람을 만날 가능성은 전혀 없었고 나 혼자 너무나 혼자 낯선 도시에 떨어졌다
누구도 기다릴 리 없는데 둥둥둥 두드리며 나를 부르는 환청이 있다
숲길은 작은 운하로 연결되었고
나는 다시 담배를 피우며 주변을 배회했다
강물은 더러웠고 인적이 없었고 저녁이 왔다
털썩 바위 위에 걸터앉았다
코앞에 안내판이 있었다
로자 룩셈부르크가 발견된 지점이라 쓰여 있었다
로자는 총살당해 운하에 던져진 후 그 시신으로 이곳까지 떠내려왔나보다
나는 한때 그녀를 흠모했으나 완전히 잊고 있었다
낯선 도시에서의 첫 산책은 거기까지였다
지금도 나는 계속 떠내려간다 둥둥
가끔은 틈에 낀 궁둥이를 빼느라 식겁하며

또 가끔은 회의적인 너무나 회의적인 생각을 한다
완전한 너무나 완전한 우연에 대해
그것을 필연이라고 말하는 사람들에 관해

비주류

나무를 타고 오르다가 떨어졌습니다 강으로 빠졌습니다 급류에 휩쓸려갑니다 부러진 나무를 붙잡고 떠내려갑니다 이 나무를 놓치고 버둥거리다가 다시 오르고 또 미끄러져 나무와 나는 마치 사랑합니다 절경이 보이는 건 곧 거대한 폭포 절벽이 나타날 거란 말일까요?

죽은 나무가 말합니다 너 때문에 산산조각날 수도 없잖아 나를 놓아주고 헤엄쳐 가라 넌 다르게 살 수 있어 눈을 돌려 세상을 봐 근데 내 두 눈알은 역린의 흑빵 물고기의 왕에게 파먹힌 지 오래되었어요 중심에서 가장 멀리 갈 거야 지금 우리는 따로 흘러갑니다 구더기 속에 코를 박은 개처럼 내 이마는 따듯해요 원만하고 완만한 물결입니다 따로 썩어갑니다 영영 기슭은 보이지 않네요 이제는 그윽해요 비명이 필요 없어요

게스트 하우스

집을 구할 때까지 게스트 하우스에 묵기로 했다 시내 중심가에 있는 한국인 민박집이었다 아담한 건물이었다 고풍스러운 목조 계단과 높은 천장이 맘에 들었다 무엇보다 조식으로 나오는 한식이 일품이었다 곧 주인 내외와 주인 내외의 친구들과도 가족처럼 되었다

이틀이 지나자 얼굴이 가려웠다 사흘째 저녁엔 온몸에 두드러기가 나고 견딜 수 없이 가려웠다 파란 눈의 약사가 내 부푼 눈꺼풀을 유심히 보았다 알레르기라고 했다 원인은 알 수 없지만 푹 쉬라고 했다 여행을 포기하고 집 구하는 일도 보류한 채 침대에 누워 있었다 약기운이 떨어지면 다시 얼굴과 목 주변에 붉은 발진이 퍼졌다 다시 약을 먹고 침대에 누워 있다가 선잠을 자고 아침 식사를 했다 급기야 만면에 수포가 부풀어올랐다

그곳을 떠나기 싫었다 하지만 거기 오래 머물 수 있는 처지가 아니었다 그들과 작별하며 포옹한 채 울었다

서서히 배가 고팠다 의자로 쓰다가 자빠뜨리면 침대가 되는 침상에 누워 전화기를 들고 딱딱한 독일어로 음식을 주문했다 차갑고 마른 빵을 먹었다 발진이 사라졌다 낯익은 공기를 떠나자 바람이 바뀌었다 네가 돌아오기를 바랐다 하지만 나라는 게스트 하우스는 네게 지나치게 따뜻했고 익숙했으며 공기 중에 너를 탈 나게 하는 미세한 감정이 있었나보다

몽유도원

불 꺼진 방이 편하다
혼자 먹는 저녁과 말 붙이지 않는 이웃들 텅 빈 우체통
오지 않는 전화에 아무 느낌이 없다
여기 오래 살 것처럼
아주 오래전부터 살았던 것처럼
베를린 변두리 작은 방에서
나는 이곳이 아무렇지도 않다
15주 동안
창밖의 사과나무가 변하는 동안
진초록이 옅어지다 엷어지다 연두가 아니라 붉은색이 되는구나
그 사과가 하루하루 붉어가는 동안
해는 짧아진다
오늘 낮은 더웠다
눈동자가 하늘색인 한국학과 학생들에게 한국 시에 나오는 정화수를 설명하는데, 그게 정화조에 담긴 물이냐는 질문에 장독대 어쩌고 하다가 시간이 끝나버렸다 내가 칠판에 우물을 그린 후, 그 물이 정화수가 되는 신비를 그림으로 그려주고 있어도, 여기 애들은 정확하게 시계를 보고 나가버린다
목이 타서
정화수라도 마셔버릴 것 같은데
수도에서 석회수만 나온다
슈퍼 입구에 수박을 쌓아놓고 팔던데, 못 사 먹고 있다

수박이 천도복숭아만하다면 좋을 텐데
통째 썰어도 혼자서 다 먹을 수 있게

춤추는 숲

살사 댄스 팩토리라는 곳
옛날 맥주 공장 개조한 3층 건물 멜링담 33번가
한여름 저녁 그들이 춤춘다
타인의 손바닥에 자신의 손가락을 얹고
파트너를 바꿔가며
이 달이 훤한 밤에
삐걱거리는 바닥 틈 달빛 스텝을 밟고
음악을 틀려면 창문을 닫아야 한다
이웃을 방해하지 않게
땀 흘리며 밤이 깊도록
파트너 없는 이는 글자 쓴 종이를 벽 위에 붙인다
제 이름 나이 키 춤의 수준
여자는 분홍색 종이에 남자는 하늘색 종이에
어떤 이는 흰 종이에
남자이기도 하고 여자이기도 한 그 사람과
나는 한 시간 춤을 추었다
내 발자국을 따라 흔들리는 숲
검은 숲엔 가지 않았다

추궁

자전거를 못 타다니

그 실력은 어디 갔나 중학교에 자전거로 통학하기도 했는데 수십 년 안 탔더니 다 잊어버렸나 몸으로 익힌 건 안 잊는다는 말은 뭐였나 저 아줌마는 앞뒤로 두 아이를 태우고 차도를 건너는데 나는 왜 자꾸 넘어지나 왜 자꾸 휘청거리는가 뒤에서 외친다 내가 내다 버린 그 망가진 자전거로 어딜 가는 거요 하마터면 트램에 칠 뻔했다 붕떴어 개한테 준다 거짓말하고 회식 후 남은 돼지 정강이 고기 챙겼지 자전거 뒤에 싣고 왔는데 어디 흘려버렸나 어디서 당신을 떨어뜨렸나 서둘러 달려갈 때

이제 더는 여기에 없는

시차

거지 행색 저 남자가 세는 동전 셋
식당 루이제 앞
맞은편에 앉은 거지가 주머니에서 꺼내보는 네 개의 꽁초
레스토랑 루벤스 앞
방금 생긴 것 같은 얼굴 가득한 상처 하나
별을 헤는 기분
이 익숙한 느낌 황량한 벌판에 홀로 선 기분
문틀에 옷을 걸어두어 닫을 수 없는
방문 같은 내 마음

누군가 지금 내 생각을 한다면
거기는 밤 여긴 낮
누군가 내 말을 하고 있다면
결국 아니오
거기는 낮 나는 밤
최대한 멀리 삐뚤어지겠어
석양이 저무는 창가, 오
누구도 나를 잡지 않았지, 현관에
신발을 벗을 때마다
나는 뛰어내리는 심정

혼혈

숲으로 가는 길은 집으로 가는 길
넉 달 반 내 이름이 붙어 있는 문
매일 보는 새는 같은 새일까
검은 새는 온몸이 검지만 부리는 감귤색
매일 보는 검은 개는 오늘도 짖는다
매일 보는데 짖는다
어떤 날은 크게 어떤 날은 작게
무거운 물병 네 개를 내려놓고 잠시 쉰다
아니, 물이 무겁지 물병이 무거운 건 아니지
검은 새 검은 새는 검다
완벽하게 검지는 않지

워터게이트

워터게이트 안 화장실에서
안 나오네
물은 나올 텐데 사람이 안 나오네
들어간 사람은 두 사람
옆 화장실에도 두 사람
안 나오네 뭐 하느라

화장실은 방이 되어 있네
휴지로 도배가 되어 있네
변기를 찾을 수 없어
뭐가 변기인지 뭐가 세면대인지
모든 게 누런 휴지로 뒤덮였네
새벽 클럽에 다섯 개 화장실
단지 화장실이라고 적혀 있을 뿐
휴지가 허리까지 쌓인 방
화려한 벌레같이 콘돔들 붙은 벽돌
아무리 급해도 소변은
밖에서 봐야 하네

다리 위에서 싸움을 말렸네
술 취한 외국인이
클럽에서 나온 독일 애들과 브라질 애가
다리 위에서 말다툼하며 서로를 밀치는데
나는 가던 길 멈추고 얼결에 끼어들어 싸움을 말렸네

나는 술에 취했고
나는 용감해서
그들 중 누군가 벗어던진 운동화에 맞았네
그러나 나는 계속 싸움을 말렸지
오버바움 브리지 위에서
아침까지 춤을
해가 뜨고 슈프레강 너머
일하러 가는 사람들이 있어도
나는 새벽부터 아침까지 춤을 춘다
구 동독 공장 터에서 신비로이
강물이 보이는 클럽에서

누군가 주울 거니까 병을 버린다
누군가 이 병을 주워 다시 팔 거니까
3500원짜리 피자 한 판을 먹고
나는 새벽까지 춤을 춘다
아는 사람이 총출동하는 꿈을 꾸면서

나흐트 버스

이 밤 버스 어디로 가나
타할레스는 어디로 가나
숲에서 주운 연필로 나는 숲을 그린다
이 밤 버스 어디로 가나
거기 가면 뭐 하나
그때 갔던 이들은 지금 뭐 하나

이상한 나라에서 온 앨리스

이곳 사람들은 어지간히 비 와도 우산을 쓰지 않고
집 뒤의 정원을
행인이 볼 수 없는 거기를 더
애지중지 가꾼다 이곳 사람들은
대체로 검소하다
가난한 예술가를 존중한다
다소 우대하는 것 같다
아시아 여자 단기 체류자 경제적 보증이 낮아도 시인이라서
시인이라서 셋방을 준다고 했다, 딸이 쓰던 아끼던 방을
겔링 부인은 말했다
집안에서 흡연은 절대 금지지만
시인이라서 시인이니까
부엌 쪽문을 열고 조금 피우는 건 이해할게요
한 번도 경험 못한 시인이라서 가능한 거
나는 여태껏 이상한 나라에서 살다 온 것일까

안단테 칸타빌레

달렘 역에서 K선생과 마주쳤다
조퇴하고 댁에 가는 길이란다
딸을 데리고 병원에 가야 한다며 해쓱한 얼굴이다
얼마 전 나는 초대권을 들고 가 그 소녀의 무대를 지켜봤다
K선생의 눈에 고인 물기도
빨간 드레스를 입고 소름 끼칠 정도로 열정적으로 차이콥스키를 연주하던 아이
큰 콩쿠르를 앞두고 손가락 신경이 끊어졌다고 한다
바이올린 현은 기타 현보다 부드럽다고 들었는데
얼마나 미친 듯 연습에 몰두했으면
두각을 드러내는 아이를 데리고 혼자 베를린에 온 K선생은
언제나 수수하고 다정하다
댁에서 도시락을 싸와 연구소 지하에서 혼자 점심을 먹는다
무대 뒤에서 나는 그 신동 바이올리니스트에게 무슨 말을 했던가
더 열심히 하라고 엄마를 생각해서라도 최선을 다하라 조언했나
천천히 음악을 즐기며 생활하라고 했나
아무 말도 못한 채 소녀의 손을 쳐다보았던 것 같다
다만 사랑하는 것이 만든 못을
그 못에 스스로를 걸어버린 천재들의 성장통을 피하고

싶었다
　기타줄이 원하는 마찰 그 굳은살이 싫었던 나는
　시의 텐션도 운지법도 모르는 나는

공존

터키 아저씨가 파는 수박은 씨 없이 크고
나에겐 더 작은 수박이 필요하다
가는 개
구애하는 개
목줄을 잡아끄는 개 주인
일렬로
눅눅한 저녁
성한 날은 죄지은 것 같아
한 뼘 열어보는 창문으로
세상의 모든 바람이 든다
추적추적 나는 기대리
내 시장바구니에 담긴
파와 계피처럼

몽상가

네가 와서
춥기까지 한 네가 와서
자고 갈 네가 와서
그걸 다 잊은 네가 와서
아무것도 아닌 네가 와서
맥주잔에 빠진 파리를 꺼내준다면
삶은 한없는 파리채 끝없는 그물
파닥거리는 나는
마침내 되돌아갈 수 없는 사랑 같은 거
거품 속 파리
다시 갈 수 없는
먼 나라의 지하철 정액권 같은 거

춤추는 숲 2

저 잔잔한 물결 속에서 그는 몇 번쯤은 고개를 내밀었을 것이다 반제 호숫가에서 권총 자살한 시인 하인리히 폰 클라이스트 어떤 이는 그를 소심하다 시건방지다고 했다지만 확실한 건 죽기 전까지 그는 실패의 연속 문학과 삶이 완벽하게 어긋났던 우울한 손님 그가 서성였을 숲을 지나는 내 폭신하고 축축한 레인 부츠

아무것도 떠오르지 않았던 지난밤 엎드려 든 꿈에 나타난 얼굴 그 얼룩지고 구겨진 내 시를 읽지 않을 아버지 하지만 나는 시를 써요 아버지 협박성 유언에서 홀가분한 유언으로 한두 사람 정도 지켜보는 가운데 남길 몇 줄 위한 문장 연습을 하죠 모락모락 내가 차린 밥상을 두고 다른 어린 여자네 집으로 갔던 고약한 괭이질 남지 않은 땅뙈기 파헤쳐지는 미나리꽝 작은 무밭 산 너머 남촌으로 북촌으로 조금씩 흘러내리는 밭 가운데 작은 방으로 가요

하노버를 지나며

그가 편지를 읽기 시작했다 하노버를 지나며

하노버를 지나며 날씨가 급격히 흐려졌다 안개가 부옇다가 푸르다 빗방울도 떨어진다 기차 바닥에는 아주 깨끗하고 얇고 매끈한 양탄자가 깔려 있다 다시 검표원이 왔다

그가 편지를 계속 읽는다 하노버를 지나며 창백할 정도로 흰 얼굴 초록과 파랑이 섞인 눈동자에 흰 와이셔츠를 입은 저 남자 자리 옮기세요 검표원은 청색 슈트에 세 개의 붉은색 줄이 있는 소맷단 새로 삐죽이 나온 손을 흔들었다

그가 편지를 읽기 시작할 때 나는 쓰고 있었다 노트북에 소설 따위 시속 160킬로미터로 달리는 기차 ICE 642 기차 책상이 있는 27번 칸 마주보는 자리

그가 편지를 읽으며 종이로 얼굴을 가린 채 흐느낀다 모르는 이가 모르는 일로 무참히

비가 내린다 하노버를 지나며

빵과 포도주

5월도 끝나갈 무렵이었다. 5월을 계절의 여왕이라 칭하는 건 한국이나 독일이나 마찬가지다. 매년 4월은 지독히 변덕스러웠다. 한창 봄이 오는가 싶으면 느닷없이 한겨울보다 더 차가운 바람이 몰아치다 비까지 쏟아지곤 했다. 그런 날에 이곳 사람들은 얼음 성자가 왔다고 말하곤 한다. 짧지 않은 이국 생활 파견지를 이탈하지 않는 나는 언제부턴가 일기예보를 듣는 일로 일과를 시작한다.

울창한 나뭇잎 사이로 하늘이 찢어진 손수건처럼 흔들린다. 커다란 까마귀가 수십 년은 족히 되었을 법한 플라타너스 나뭇가지에 앉아 있다. 내 곁으로 한 마리 참새가 와서 내가 먹고 있는 빵 부스러기를 좀 달라는 눈치로 왔다갔다한다. 딱딱한 껍질 부분을 뜯어 바닥에 놓으니 아무 경계심 없이 와서 쪼아먹는다. 이렇게 수시로 새들과 대화할 수 있다는 건 긴 외로움의 증거가 아닐까? 갈 데가 별로 없는 할머니들이 그늘을 피해 햇살 아래 앉아 있다. 이들은 해가 나오면 어디선가 나타나 공원 벤치나 노천카페 볕이 잘 드는 자리에 모여 커피 한 잔을 놓고 서로 얘기 나누거나 두리번거리며 행인들을 구경한다.

저 건너편 벤치에 앉은 남녀는 애정 행각을 멈추지 않는다. 검정 민소매 티셔츠에 반바지를 입은 저 여자는 내 또래로 보이는데, 하긴 서양 애들 나이는 아직도 짐작하기 어렵지만, 녹두색 폴로 티셔츠 입은 남자 다리 위에 제 양다리를 올려놓고 까불어대고 웃어젖히더니 키스를 한 후 나를 쳐다보고 다시 포옹한 뒤 나를 쳐다본다. 30분

넘게 지속적으로 저 행위를 지속하고 있다. 사람들이 많이 모이는 곳에서 저러는 심리는 뭘까? 내가 보는 걸 즐기는 저 일종의 노출증이 저 여자의 기분을 좋게 만드나 보다. 이렇게 공원 벤치에서 저녁을 때우는 게 낭만적이라고 서울 사는 친구가 메일을 보냈다. 식당이나 카페에 들어가면 적지 않은 식사비에 팁까지 지불해야 하지만 빵 가게에서 여러 개 빵을 사도 채 2유로를 넘지 않는다. 2, 3유로면 슈퍼에서 마실 만한 와인을 집어올 수 있다. 이 나라에서 빵과 포도주는 맥주나 우유만큼 싼 식료품이다. 사람들이 최소한 굶어 죽지는 않게 배려하려는 이 나라 정책인가? 종종 그런 생각도 든다. 여기 주저앉으면 배는 곯지 않고 살 수 있을 것이다. 하지만 나는 이미 그것만으로 살 수 있는 지극한 경지를 벗어나버렸다.

손수건 나무

—르네 선생님께

보리수 꼭대기까지 사과를 던져봅니다
마음만 그렇지 아까워서요
얼음 창고까지 보리밭 고랑을 따라 걸어보았어요
이태리 식당에 데려가줘서 고마워요
스파클링와인을 만들어주고 라비올리 빠에야도 요리해주셨죠
당신은 세상에서 너무 멋진 독일인, 아니 프랑스인과 독일인 혼혈, 고고학 학자예요
두툼한 턱을 가리려고 기른 흰 수염도 멋지고
달마를 닮은 이마도 예뻐요
잘 부탁해요 우리의 수경
생전에 당신 어머님이 쓰시던 방에서
흰 침대와 푸른 이불을 덮고 샤갈전을 알리는 그림 두 점 없었다면 아주 차가울 것 같은 흰 벽을 보았지요
람베르티 교회보다 뮌스터 성보다 여기가 아름다워요
잘 부탁해요 한국 놀러오세요
저는 환희 속에 시를 써본 적이 없어서
당신을 만난 기쁨 때문에 시를 쓸 수 없어서
편지를 씁니다
당신을 업고 저 언덕 풍차까지 갈 수 있지만
마음만 그렇지 뚱뚱하시잖아요
당신이 있어 우리 수경 걱정되지 않아요
유머러스한 당신의 말투를 흉내내는데
말만 그렇지 자꾸자꾸 울고 싶네요

도시락

5월 17일 토요일
스승은 일찍 일어나
요리를 했다
의자를 놓고 선반에서 월계수 잎을 꺼냈을 것이고
고기를 잘라 결 따라 손으로 뜯었을 것이다
검푸른 새벽에 엄숙하고 외로운 사명처럼
스승은 찬합 뚜껑을 칸칸이 닫았을 것이다
그제야 나는 느릿느릿 계단을 내려와
부스스 머리를 만지며 찡그렸고
파프리카를 만졌고
컴컴한 눈으로 토마토주스 없어요, 물었다
고추장 냄새가 나는 도시락을 들고 기차를 타기 싫었다
여비를 받아 주머니에 넣었다
무척 화가 났고
왜 내가 스승을 여기 두고 가야 하는지
끌고서라도
나는 아무에게도 고마워할 줄 모른다

세 가지 변두리

필하모닉 입구 이게 말이 되나 입구에서 들어와 주차장 근처 늙은 악사가 작고 세모난 악기를 연주하고 있다 행인의 드레스 코드는 화려한 정장 차림 번쩍이는 장신구인데 누추한 악사가 의욕 없이 〈마왕〉을 연주한다

필하모닉 뒷문 근처 말쑥한 양복 차림의 청년이 암표를 판다 부모를 기다리듯 바르게 서서 표를 쥔 손을 배가까이 붙인 채 무표정하려고 애쓰고 있다

몇 발자국 지나 미술관에는 게른하르트 리히터 전시가 끝났다고 했다 그 그림을 보려면 지금 뮌헨에 가보란다

하루종일 입구 근처만 서성였다 들어가보지 못했다 어쩌자고 모든 문 앞에서 나는 짐짓 무표정한 채 자꾸 이마만 닦는지

오븐과 장독

새가 그려진 작은 접시를 선물로 준비했다. 교수의 집은 한때 릴케가 잠시 살았던 집에서 두 집 건너 있는 고풍스러운 저택이었다. 아름다운 샹들리에 아래 긴 식탁에 앉았을 때 나는 내가 준비해 간 접시를 꺼내기가 좀 민망했다. 식탁 중간에는 황금빛 촛대와 화려한 꽃 장식이 있었고 흰 실크 레이스 천 위에는 은제 접시와 반짝거리는 포크, 나이프가 놓여 있었다.

베를린 자유대학 한국학과장의 집이었다. 일곱 명이 둘러앉아 두 시간 넘게 만찬을 나누었다. 누군가는 가고 누군가가 오는 걸 축하하는 시간이었다. 제 명에 죽는다는 건 무슨 의미일까? 흑맥주 같은 밤비 흘러내리는 발코니에 서서 근처 살았다는 릴케를 생각한다. 그도 청어조림을 좋아했을까, 빛속에 빛나는 보리수를 보며 어떤 나라를 생각했을까, 이 모든 부질없는 망상과 잠시 살다 가는 이 도시에 관해 나는 무슨 말도 할 수 없는데.

2부

나는 이 겨울의 어둠과 권태로움, 그리고 부자유의 검은 시트들에 층층이 몸을 감은 채 조용히 혼자 누워 있습니다. 그때 나의 마음은 어떤 알 수 없는 낯선 내적 기쁨에 쿵쿵거립니다. 마치 빛나는 태양 아래에서 꽃들이 피어나고 있는 잔디 위를 걷고 있듯이 말입니다…… 내가 언제나, 아무런 특별한 이유도 없이, 기쁨의 환희 안에서 사는 것, 이것은 얼마나 기이한지요…… 비밀은 바로 삶 그 자체인 것 같습니다…… 나는 내 자리에서, 전투중인 길거리나 감옥에서 생을 마치기를 소망합니다.

—로자 룩셈부르크, 「감옥에서 쓴 편지」

두고 오길 잘했어

여기 오면 다 구할 수 있다 했지 하긴 그랬어 손톱깎이부터 외투 자전거 옷장까지 마우어파크 벼룩시장엔 없는 게 없지 나무로 만든 면봉하고 쇠젓가락은 아직 구하지 못했지만

두고 오길 잘했어 내가 쓴 책들 쓰레기 너무 많은 음악들 오래 본 사진 익숙한 냄새의 치약과 약병들 잘리기 직전의 직장과 임신한 나의 개 일곱 마리나 뱄다고 의사가 말했지만 새벽부터 밤늦도록 시끄러운 거리 지긋지긋한 얼굴들 죽이고 싶은 죽고 싶은 순간들 끝없는 피로와 불면 오지랖 넓은 친구 울던 소녀 어떤 수식어로도 아아 썼다가 지울 수밖에 없는 가족 홀가분하게 비행기가 이륙하던 순간 줄줄 새기 시작한 만년필 속 잉크처럼 책상 한구석 먼지를 뒤집어쓰고 있을 검정 잉크병처럼 몽땅 빠져나갔거나 지옥 같은 거기 함께 뒹굴고 있을 단숨에 시를 쓸 수 있는 능력

천국 호수

반한 후 알겠네, 그 이름
실컷 헤엄치고 난 뒤에 알았어, 슐라흐텐

나는 이 시 제목이 맘에 안 든다, 고칠까
벌거숭이 호수, 파라다이스 호수, 아예 이름 없이 호수라고 하면 우습나
마흔 넘어 개명한 친구를 탓하는 게 아니었어

내가 사는 방은 베를린 남쪽 변두리에 있어 숲속이지 근처에 호수가 있다고 들었어 그 호수 찾아 한참을 걸었네 이렇게 노을이 질 때면 한 번도 만난 적 없는 사람마저 그리워지는 이상한 병 웃는 소리 손뼉 치는 소리 저기 호숫가에 얼핏 사람들이 보이네 눈부시게 흰 살결 새하얀 엉덩이 터질 것같이 심장이 뛰네 잔디밭에 나체로 누운 남자 알몸의 여자 발가벗고 뛰어다니는 아이들 얼른 나는 나무 아래로 숨었어 연초록 사과들이 주렁주렁 열려 있는

여기는 천국 같아, 환하고 아름다워
어리지 않은 남자들이 벌거벗은 채 나무 위로 올라가 호수로 뛰어내리네
물을 튕기며 노네 내 티셔츠가 살에 척척 달라붙어

여기는 파라다이스 어둠이 와도 환하고 아름다워

다들 벗어서, 안 벗으면 분위기 어색해지는, 다수가 옳은 게 되는
너무나 불편한

오늘밤 한밤중에 나는 헤엄치고 있어 누드는 처음이야 달밤이야 오리떼와 함께 물갈퀴까지 보이는 이 맑은 호수에서 조금만 더 추우면 옷 입을게 미지근한 물이 나를 감싸네 섬뜩할 만치 부드러운 감촉이네 저절로 두 눈이 감기지 내가 일으킨 밤물결이 나를 어루만지네 어디서 왔니 이렇게 해도 괜찮겠느냐고 물속에서 묻는 소리 무작정 나를 데려가줘 수면 아래서 들리는 음악 소리 나는 나한테 너무 많은 걸 물어보는 게 아닐까 뭉쳐서 찔러둔 가지 사이 옷가지들 나무 열매처럼 빛나고 있겠지 못 찾을지 몰라 나는 조금 더 깊이 가겠어 호수 한가운데까지 헤엄쳐 갈지도 몰라 나를 못 찾을지 모르지

몰랐으면 더 좋았을 이름, 호수 슐라흐텐
뭔지 모르고 허겁지겁 마시다 게워내버린 음식처럼
막역하게 놀다가 명함을 받아든 사람처럼
안절부절못하고 그 이름의 뜻을 확인하지
슐라흐텐(schlachten): 도살 혹은 학살하다

이름을 버리고 사전을 무시하고 나는 헤엄치겠어
한여름밤 호숫가에 서서 맨몸뚱이로 맨손 체조를 했어

너는 빗을 비춰주었다

하지만 그녀는 이날 아침에도 노래를 들었다 그는 엄청나게 시끄럽고 믿을 수 없이 분노로 가득찬 목소리로 노래한다 노래한다는 말이 이상하게 느껴질 만큼 노래한다 그는 탄자니아로 돌아가지 않을 것이다

얼마든지 가능했다 커다랗게 귀엣말을 하는 사람들을 이해하기 왜 낯선 국가의 새로운 공간은 새로운 영감을 주지 않는지 깨닫기 외로움을 고양시키기

탄자니아 출신의 가수가 영어로 노래를 부른다 흔하디 흔한 일은 쓰디쓸 일도 아닌 것은 엄마가 한국인인데 한국말을 못하는 스무 살 청년, 쓰디쓴 일은 그가 지금 한국말을 배우려 한다는 것

빛나는 눈동자란 이런 거였구나 그가 그녀를 바라본다 둘이 이어폰을 나눠 노래를 듣는다 둘이 다 사랑하는 탄자니아 가수의 노래 네 엄마는 간호사 나는 선생님 이제 돌아가야 해 말은 엄마한테 배워도 되잖아

다감한 표현도 친절한 설명도 없었던 그녀는 선물을 풀었다 이게 뭐니 한국말로 써봐 그가 포장지에 빗이라고 적는다 그녀는 빗으로 머리를 빗어본다 뜻밖의 빛을 쥤다 늦게 온 자각 빛나는 눈동자를 마주본다

폭식

히피의 천막 아래에서 커피를 마신다
너도 개를 키워봐
친구가 생길 거야
사람들이 다가와 개한테 말을 붙이다가 네게도 말을 걸 거야
어쩌면 돈도 던져줄 거야

크루메 랑케 역 대형 마트에 갔다 돈이 없어도
친구가 없어서 빵 사고 샐러드 사고 신맛 나는 맥주 네 병을 샀다
이걸 다 들고 한 시간은 족히 걸어야 하는데
치즈를 사고 돈도 없고 친구도 없고
개도 없어서 다 먹는다 토하고 싶을 만큼

빵을 뱉어내고 김치라고 발음해본다
뜨겁고 시큼한 국물이든가 탕이 있었으면
수단이 아니라 목적적으로
이 밤에 나는 개를 떠올려보는 것이다
그토록 혐오하던 기도와 식도, 신체 기관을 가진 아버지
한여름 복날이 아니어도 즐기시던 음식의 냄새까지

더 빨리 이뤄지는 소원들

'당신이 내게 거저 준 20유로에 감사하오.'

—뮌헨 주재 한국 영사관에 근무하는 마나우어 팟차 양에게

정각이 되기 전
사람들이 광장으로 몰려갑니다
고개 들어 한곳을 응시합니다
무슨 일일까
그녀도 슬며시 끼어
빌어볼 소원을 떠올려봅니다
도래할 무언가를 예비하는 듯 웅장한 오르간 소리 울려퍼집니다 신이여
어떤 수난도 견딜 수 있어요
어서 나타나세요
환호성과 손뼉 치는 소리, 아이들은 발을 구릅니다
인형이 나와 춤을 춥니다
조잡한 군무네요
높은 시계탑 문이 다시 닫히고
그걸로 끝입니다
그걸로 끝이었으면 다행이게요

그 순간 울부짖습니다 지퍼가 열렸어요 내 가방이 미친년이 바닥에 주저앉아 버둥거리며 죽어라고 괴상한 소리를 지릅니다 머리를 가로저으며 흔들어댑니다 아무리 귀기울여도 알아들을 수 없는 이상한 나라의 말을 지껄입니다 검은 가방을 거꾸로 들고 마구 흔듭니다 구질구질한 물건들이 막 쏟아집니다 더러운 팬티에 즉석 밥에 튜브 고추장까지 아무리 찾아도 지갑이 없습니다 미치고

환장할 일입니다 이 빼빼한 외계 여자는 어떡하죠 자신의 작고 이상하고 먼 나라로 돌아갈 수 있는 카드도 화폐도 없습니다 여권도 사라졌습니다 유명한 인형들 연주보다 더 신기한 구경거리를 보러 사람들이 빙빙 둘러서고 이 나라 수호성인들과 역대 왕족들도 재미난 듯 쳐다볼 뿐 조각상에서 빠져나오지 않네요 더 힘차게 물을 뿜으며 빙글빙글 분수대가 돌아갑니다 시청이 저렇게 클래식하고 화려해도 되나요 사람들이 거꾸로 서서 까무잡잡한 이 여자에게 손가락질합니다 세 명의 경찰관이 걸어옵니다 저들은 은행 절도범처럼 총을 지녔네요 진짜 총일까요 파란 눈에 금발 파란 제복의 인형들 같습니다 부랑자 소매치기도 저렇게 무표정하고 태연한 표정은 아니었겠지요 그 사람 얼굴을 직접 보았습니까, 아뇨, 난 그저 멍하니 하늘을, 아니 시계탑 보며 소박한 소원을 빌고 있었어요, 신선한 삶을 살게 해주세요, 최초로 새알을 깨뜨려본 사람의 용기로, 뭐, 그런 거 있잖아요, 빈 소원대로, 소원보다 더 구체적이고 새로운 경험을 하러 아직도 미쳐있는 여자는 자신의 말을 믿지 못하는 경찰관들과 나란히 중앙역 쪽으로 걸어갑니다

빈티지 소울

여덟 군데 시장을 돌아다녀도 보자기가 없다 보통 사용하는 자수가 없는

나는 벼룩시장으로 바뀐 광장들과 공원, 놀이터에서 일요일 하루를 다 보낸다

누가 옮겨놓았을까 이 빠진 검정 피아노

누구에게서 훔쳐왔을까 쭉 빠진 자전거들

경찰은 두 노인을 데리고 갔다

어릴 때부터 좀도둑이었을까

습관적으로 서성거리는 나는

누군가 입다 버린 란제리, 보정 속옷을 만진다

구멍이 숭숭 뚫린 셔츠를 만지고

시체에게서 벗겨낸 구두를 생각한다

사물을 훔치는 것보다 더 비열한 도둑질에 능숙한 나여

편히 눈을 감았다고 했다

매일 구타당했고 아빠의 정액을 마셨을 그 소녀가 편안하게 잠들었다는 소문을 꾸며내는

그 도시를 떠났으나

나는 색 바랜 영혼 시체의 깨진 머리뼈에서 흘러나온 검은 물 보자기로 덮은 얼굴

장난감 총인지 물어본 후 내 관자놀이에 쏘아본다

아는 사람

헤어질 때 악수를 하고 서로의 뺨에 키스하는 건 실례가 아니다

크리스티안은 나와 친하다 뺨에 입맞춘다 비밀 파티에도 데려간 적 있다

그녀는 나를 친구처럼 대하지만 자기 친구들에게는 '친구Freunde'라고 소개하지 않는다

'아는 사람Bekannte'이라고 말한다

이들에게 친구의 범주는 엄격하다

내 인생의 무한한 부분처럼 이런 식으로 우리 사이에서

그녀는 옷을 많이 갖고 다닌다 체크 포인트 찰리에서

다행히도 그 용도를 알게 되었다

확실하게 말하는 건 서운할 일이 아니다

내가 사는 피부

나는 벗어나지 않는다
파견지를 이탈하지 않는 자유대학교 파견 작가로 석달째 살고 있다
피부색에 맞는 어두운 파운데이션을 찾지 못했다
이 사소한 일로 나는 표정을 숨기지 못하고 산다 내 얼굴은 내가 봐도 어색하고
이 문장들이 맘에 들지 않는다

남장을 했다
머리칼을 틀어올려 모자 속에 감추고 발목까지 내려오는 검은 제복을 입었다
온몸을 가렸다
목 부분 흰 칼라 위에 입술로만 존재할 수 있는 시간이 왔다
내겐 그 의상과 역할이 제법 잘 어울렸다

평생 사랑하고 고락을 함께할 것입니까
아름다운 독일인 커플이 서약했다
오르간 연주자가 나를 향해 윙크를 보내면 나는 퇴장하게 된다
교정의 작은 연못가에서 열린 연극 축제에서 나는 신부님 역할을 맡고 있었다
연출가와 싸워서 나가버린 대학원생 가브리엘을 대신하여 급조된 사람이었다

스토리도 모르고 긴박한 진행 상황도 모른 채 나는 다른 피부 속으로 들어갔다

충동적으로 나왔다

한여름 저녁 쏟아지는 비를 몇 시간째 바라본다 끔찍하게

몇 년을 붙들고 주저앉은 인터뷰 원고를 훑어본다 한국에 가면 낼 수 있을까

큰비에 떠내려간 도롱뇽 알은 도롱뇽이 되었을까

피부는 마음의 작은 습지를 사랑하여 고락을 함께하려 하지만

하지만 변신하는 데 성공한 적 없으니

모국어

베를린에도 대중목욕탕이 있다기에 따뜻한 소금 풀장도 딸려 있다기에 지하철 타고 한 시간쯤 갔어요 흰 가운하고 수영복을 빌렸어요 큰 슬리퍼를 신은 사람들이 발가벗고 남녀가 함께 사우나에 앉아 있습니다 증기가 적게 나와서 서로가 빤히 보입니다 동양인을 처음 본 사람처럼 쳐다봅니다 스파 욕조 근처엔 얼씬도 못하고 재빨리 튀어나왔습니다

풀밭에 누워봅니다 목욕탕 근처의 넓은 공원이에요 보리수 아래 큰 수건을 깔고 등을 내놓고 엎드렸습니다 두 팔을 뻗은 채 온몸을 다 담근 물속이라 생각합니다 하지만 자맥질 소리는 몸속에서 납니다 머리뼈와 가슴뼈 사이에 커다란 욕조가 있나봅니다 목 근처에 오크목보다 좋은 향기가 나는 이온수로 가득찬 이동식 욕조가 있습니다

이 안에 태아가 있다면 푸르스름하고 미성숙한 뼈를 가진 아가가 있다면 그애는 자궁으로 가게 하세요 당신의 시꺼먼 발이 내 수면에 닿으면 저절로 수온이 올라갑니다 나의 욕조는 어두운 바다와 연결되어 있습니다 몸을 씻은 후에 들어오지 말고 눈물과 오물, 고름을 닦아내지 말고 오세요 물속에다 오줌을 누어도 좋고 침을 뱉어도 좋습니다 젖을 흘리며 오세요 더러운 긴 머리칼로 오세요 생리중이어도 어서 들어오세요

하루종일 있어도 질릴 리 없는 나는 따뜻한 소금 풀장입니다 끓기도 하는 열탕이 됩니다 하얀색 피가 거품기

처럼 돌아갑니다 당신이 오지 않아서 다 굳었어요 완전히 물이 빠져나간 풀밭 욕조에서 몸을 비틀며 짜증에 지랄발광을 합니다 방금 내 등짝에다 뭘 싸고 간 놈, 손으로 더듬어보니 희고 회색빛도 보이는 묽은 똥을 싸고 간 새를 향해 욕설을 날립니다 욕을 할 때의 모국어는 나를 지원합니다 슬프게 합니다 당신은 여러 면에서 불결하고 매력적인 모국입니다

다소 이상한 사랑

자두가 열렸다
자두나무니까
자두와 자두나무 사이에는 가느다란 꼭지가 있다
가장 연약하게
처음부터 가는 금을 그어놓고
두 개의 세계는 분리를 기다린다
이것이 최고의 완성이라는 듯이

난 말이지
정신적인 사랑, 이런 말 안 믿어

다행이다
내가 사랑하는 사람이 나를 사랑하지 않아서

카페 루이제에서 자두나무가 있는 정원까지 오는 동안
혼자 흐릿하게 떨리는 게 순수한 사랑이라고
나는 우스운 생각을 했다

시시각각 자두가 붉어지고 멀어지고
노을 때문에 가슴이 아픈 거다

최고의 선은 각자의 세계를 향해 가는 것
그러나 가끔 이상하게
멈춘 채 돌아보게 된다

자두나무는 자두를 열심히 사랑하여 익히고 떨어뜨리고
나는 사랑을 붉히고 보내야 한다
사람이니까
그리고 망설일 줄 아는 능력이 있다

괴물

숲으로 난 길을 걷다가 여우를 만났다
나는 숲이 아니라 길을 걷고 있었다
조그맣고 마른 여우였다
내가 다가가자 온몸의 털을 곤두세우고 애처로운 울음소리를 냈다
어린 여우에게 나는 얼마나 거대한 괴물로 보이는 걸까
금세 큰 여우가 나타났다
다 큰 여우가 어린 여우의 뒷덜미를 핥으며 귓속말을 했다

맞은편에 모녀가 앉았다
서양 아이들은 경이로울 정도로 인형 같다 자라면서 아주 달라지지만
소녀보다 어린 여자애는 나를 흘끔거리며 자꾸 엄마 품속으로 파고들었다
아주머니는 내게 미소를 보내며 딸의 금발과 목덜미를 만진다 작은 귀에 입맞추며 작은 말을 한다

9월이 오면
나의 꽃밭
꿀벌도 없는 나의 꽃밭

9월이 오면
나의 꽃밭

가자 꽃밭
죽은 개를 묻고 온 거기로

부디

이 죽은 개에게
이 어묵은 고양이에게
당신이 어떤 숫자를 누르건
나는 아래로 가고 싶습니다
엘리베이터에서
한동안
나는 내리지 않았어요
이 죽은 개에게
이 어묵은 죽은 고양이에게
처녀는 올빼미에게
나는 드리지도 바치지도 않았지만
결국 너도 더러워졌구나 엄마는 웃으셨지
마치 내가 무언가를 숨기는 것처럼
이 많은 염색약들
금발의 사나이들
개에게 주려고 사료를 사는 사람들
원하는 모든 것을 파는 잡화점에서
그날 저녁 나는 아무것도 사지 않았다
사랑하는 개한테 주려고 시를 쓰는 것처럼

생일

다를 바 없는 하루야
촛불도 술도 필요 없는 곳으로 왔잖아
야유를 보내는 사람도 없잖아
네 뜻대로
네가 없는 곳으로 갈 수 있잖아
내가 새에게 말한다
해바라기가 있는 골목 모퉁이에 서서

넌 네 생각만 하지
내가 어떤 심정으로 날아가는지 모르잖아
매 순간 비행이 무서워 죽겠어
나를 쳐다보며 뾰로통하던 새가
푸드득 날아오른다 새파랗게 겁에 질린 표정으로

독설가들

오줌을 참는다
지하철 화장실을 사용하려면 돈을 내야 하니까
집에까지 참고 간다 지하철은 너르다
딱 봐도 미친 녀석이 욕을 한다
어른들은 고개를 숙이고 아이들은 귀를 막고 개들은 쳐다본다
문득 궁금하다
개들도 요금을 내는지
저 미친놈은 어떤 내용의 욕을 하고 있는지
어떤 강의를 듣는 기분으로 나는
오줌을 참는다
눈물을 참기보다 오줌 참는 일이 더 어렵다는 걸 알았다

그래피티

싫거든
붉은 사람
부서진 장벽 위에
왜 싫은지 모르겠거든
물론 이틀 만에 어떻게든 거절할 방도가 생길 거거든
알거든
격렬 에너지
아웃사이더 누추한
아티스트들
나는 그저 세련되지 못한 방식으로
심지어 가장 원시적이라는 것도
자정에 연희가 끝날 거라는 것도
됐거든
나는 잘못 그린
그림 분무 페인트로
순식간에 장난스레
잘 가
어쩐지 싫은 건 정말 전적으로 싫은 거거든

내가 좋아하는 것

도로를 횡단하는 자전거, 특히 아기를 태운 여자의 큰 자전거와 노인의 자전거, 도서관 한쪽 바닥에서 잠든 학생의 어쩔 수 없는 피로와 잠자리를 가리지 않는 체질, 그렇게 깊은 잠에 빠진 학생을 조용히 피해 가는 사람들과 도서관 청소부, 숨죽인 내 발소리, 모든 걸 할 수 있거나 아무것도 안 할 수 있는 죽음 이후.

반환점

발자크 카페에서 차를 마신 후 산책하기로 했다 티어가르텐 가까이 살면 좋겠지만 여기서부터 걸어보기로 했다 최근 혼잣말이 늘었다 잘 들리는 헛소리들 밤까지 걸어 공동묘지에 도착했다 갑자기 쏟아지는 소나기 비석들 사이에 서 있다 죽은 이와 함께 맞는 사랑의 현재 여기서 되돌아가자 이들의 과거로 누구나 그렇듯 거쳐가야 할 특별할 것 없는 바람 속으로

밥심

나한테 피자는 간식인데, 베를리너들은 주식으로 먹는다. 식당에 가서 피자 한 판을 주문한 후 그 한 판을 혼자 다 먹는다. 나는 참 신기한 눈으로 그들을 본다. 값이 싼 피자 가게 앞에서는 사람들이 줄을 서서 기다렸다가 피자를 산다. 사자마자 길거리에서 피자 상자 뚜껑을 열고 그대로 서서 방금 산 한 판을 혼자서 다 먹는다. 누구도 왜 길에서 식사하느냐며 나무라지 않는다. 서로의 허기를 이해하는 분위기.

오늘 점심시간에 나는 연구소 지하 주방에서 쌀을 안치고 김치찌개를 끓였다. 그 시간까지 점심 먹으러 나가지 않은 사람들을 불러 밥을 주었다. 연구소 비서인 안드레아는 김치찌개가 든 그릇을 다 비운 후에 김하고 계란찜하고 밥을 먹었다. 그 맵고 짜고 신 김치수프를 한 그릇 뚝딱 다 비운 후에야 밥을 먹는 명쾌한 싱글맘 안드레아. 한식 먹는 순서를 가르쳐줄까 말까.

이게 아닌데

한발 늦어서 공연을 못 봤다 모든 좋은 노래는 내가 쓰려던 시 같고 모든 좋은 사람은 이미 사랑에 빠졌다 아닌가 사랑에 빠진 이들이 좋은 사람으로 살아가는 걸까 언제나 나는 늦었지 슈프레강가에서 맥주를 마시다가 병을 들고 간다 저녁엔 모두 친구가 있다 판트 기계가 있는 슈퍼마켓까지가 멀어 길가에 버려두고 간다 걸인이 고맙다는 눈짓을 하고 간다 이게 아닌데 아랑곳 않고 내버린 건데 툭 치면 벌어지는 우산을 아예 펴고

메이데이

이 정도가 무슨 일이겠는가
독일 보험에 들기만 하면
아무런 일이 없다면

이 정도가 무슨 일이겠는가 은행 창구에 가서
구좌를 만들면
방세를 자동이체하면
4층으로 올라가 주인과 웃을 일 없으면

작업을 하지 않고 강의도 하지 않고 굴러온 돈을 아껴
쓰기만 하면
전화번호를 만들면
아무에게도 두근거리며 전할 메시지가 없다면

노이쾰른가에서 노동절 시위 축제에서
나는 흥분하지 않았다
오순절 칠면조처럼
차분히

얼마나 오래 살 거라고
그윽이 관조하며 살피는가
우체국을 알아두고
이 정도가 무슨 일이라고

이방인

빈센트가 말했다 논문 발표를 한 후 손가락을 구부려 책상을 두드리는 건 손뼉을 치는 것과 같아요
알렉스가 말했다 이렇게 눌러야 지하철 문이 열리지요
침을 꿀꺽 삼키며 주춤거릴 때마다 내 옆엔 익숙한 소리가 있었다
오늘은 혼자서 외국인 등기소에 가는 길
혼잣말한다
이 동네 민들레꽃은 너무 크고 징그러워
언제든 비교하는 내 안의 이방인, 너를 데리고 다니기가 버겁다

백 일 동안

자고 일어나면 유리컵의 물이 석회가 되어 있어요 자고 일어나면 전신이 뻣뻣해요 자고 일어나면 나는 기원전 3300년의 미라처럼 적막한 석굴 안에 반듯이 누워 있겠지요 백 일 동안 나는 아무도 오지 않는 사원에서 맑은 물인 줄 알고 석회수를 마셨어요 베를린 수도관리국에 전화해야겠어요

자고 일어나면 검은 동굴 축축하게 자고 일어나면 나는 석상처럼 문 앞에 서 있어요 동굴 보초병도 없고 정찰병도 없는데 아무도 이곳으로 접근하지 않아요 백 일 동안 천년 동안 기도하는 사람처럼 얼추 이러다가 성자 부처가 되겠어요 누가 나를 떠메고 가도 좋을 텐데

자고 일어나면 어제가 되어 있고 굳은 엄지손가락 택시가 서죠 문득 당도한 곳 도동 사거리 죽은 엄마의 치마속 전원을 뽑은 텔레비전처럼 깜깜해요

오늘 자고 일어나면 백 일하고 하루, 혼자서 잠든 지 기원전 3300년, 나는 얼음 인간, 유럽에서 가장 오래된 미라보다 느긋하게 윙윙윙

카를 마르크스 거리 고라니가 우는 밤

연구소에 온 편지를 안드레아가 전해주었다
나는 그걸 품고 카를 마르크스 거리에 있는 인터내셔널 시네마에 갔다
한국에서 온 감독들과 영화 〈시〉를 보았다 〈무산일기〉와 〈똥파리〉도
거듭 보아도 연극 같았다
편지봉투를 뜯는다
네가 죽었다고 생각할게
다음달에 나 결혼해
왜들 이러는 걸까
메일에 익숙하다보니 편지를 받으면
새벽에 걸려온 전화처럼 철렁한다
내용보다 형식이 더 두렵다
원래 자식이 없었다고 생각하마
나를 키우지도 않은 생모는 수시로 내게 말했지
버려지고
여러 차례 생매장당하다보니 습관처럼 아무렇지도 않다
나는 내 외모를 반영하지 않는다
그들의 가슴속에 내 무덤 울창하여
돌보지 않는 묘지 위에 고라니가 우는 밤
귀를 막고 카를 마르크스 거리를 걷는다
들어보지 못한 사람들은 모를 거야
그 소리가 얼마나 고라니와 어울리지 않는지

3부

몇 번이라도 좋다. 이 끔찍한 생이여, 다시!

산다는 일, 호흡하고 말하고 미소할 수 있다는 일, 귀중한 일이다. 그 자체만으로도 의미 있는 일이 아닌가. 지금 나는 아주 작은 것으로 만족한다.

—전혜린, 『그리고 아무 말도 하지 않았다』

백야

6월 열이튿날
친할머니 제삿날
밤 열시 넘어서야 해가 진다
멕시코 플라츠 긴 계단을 내려간다
지하가 훤하다
비로소 갈 길이 보이지 않는다
드디어 길 잃었다
내가 사라지자 바깥에 풀이 반짝거린다
거긴 새벽이겠다

새벽 세시에 가야금 소리를 듣고

당신이 나다
벽 속에서 음악을 꺼내는
당신이 나다
술병 속에서 사람을 꺼내는
고독 속에서 환청을 듣는
극단적으로
세면대 거울을 깰까, 깨지 못하고
머리칼을 움켜쥔
당신이 나다
시끄럽다
네가 나란 말이다
완전히 미친

티비 타워

이 나라에서는 영어 열풍이 덜하다 자국어에 대한 자부심이 강한 건지 미국 드라마도 독일어로 더빙을 한다 일요일 저녁 집에서 팝콘을 먹으며 가수 오디션 프로그램을 본다 가슴이 풍선이 아닌 애들이 하나 없다 눈이 보석이 아닌 애도 하나 없다 노래는 지지리도 못한다 옆에 누가 듣는 것처럼 혼자 중얼거린다

하동 시외버스 터미널에서 봤던 〈전국 노래자랑〉 차마 눈뜨고 못 볼 정도였던 무대 앞에서 노인들이 춤을 추던 농부가 촌스러운 의상을 입고 나와 트로트를 불러대던 음치 소방관들이 소방차의 노래를 부르면 관중석 운동장에서 그의 가족이 플래카드를 흔들던 그 눈물나게 유치하던

월계수

지금껏 베를린을 떠난 건 한 번뿐
뮌스터에 사는 허수경 선생한테 얹혀 먹고 잔 며칠
월계수 잎이 든 음식을 배불리 먹은 일
더 쓰고 싶지 않은 비밀
승리의 영예는 아니지만 슬픔의 대결은 아름다워라
누설하기 싫은 내 생애 사흘

보리수

S씨! 진리를 찾는 동안 진리는 미끄러졌고요 예술가의 묘지를 찾아다니는 동안 예술은 서툰 그림처럼 만족스러웠어요 한국에 예술가들 묘지가 따로 없는 건 다행인 것 같아요 국립묘지 국가유공자 묘역처럼 예술가의 묘지가 생긴다면 또 한바탕 선정의 논란이 있을 테지요 개인적인 생각이지만 예술가는 작품으로만 남게 내버려두는 게 낫지 않을까요

S씨! 난 요즘 자전거로 다닙니다 연구소에서 빌려줬거든요 하인리히 만, 베르톨트 브레히트 등의 묘지에 다녀오는 동안 보리수 아래 자전거를 세워두었어요 자전거는 싯다르타처럼 보리수 아래 고요히 있었지요 가로수들은 아름다운 보리수로 가득합니다 여기서는 흔한 나무지요 한나절 지난 후 자전거를 가지러 왔지요 보리수 열매에서 진액이 흘러 자전거가 엉망으로 더럽혀졌어요 그 수액에 혀를 대봅니다 어딘가 빈틈이 있어 끌리는 사람처럼 나는 보리수가 좋아졌어요 깨끗하지만은 않은 나무를 안고 블루스 추듯 흔들어보네요

네임리스

여자가 팔꿈치로 나를 툭툭 치며 먹으라고 권하는 게 너무 싫었다 억센 발음도 목소리도 싫어서 웃으며 사양하고 집으로 왔다 방에 누워 배곯아본다 속을 비워보면 부드러워지려나 하지만 저녁을 사 먹으러 가는 나는 매일 보는데 짖는 개를 저놈의 검은 주둥이를 하고 중얼거린다 부드러운 음식을 먹어야지 감미롭고 은밀한 목소리처럼 하지만 개도 짖고 고양이도 우는 저녁 나는 깊은 숲속의 집에서 나와 식당까지 가는 길이 멀게만 보이고 내가 구한 집을 미워하고 새들도 울고 아 나는 부드러운 음식이 필요하다니까 그러나 모든 동물은 부드럽게 말하지 않는다 최선을 다해 울부짖는다 들어봐라 지금 저 새소리를 정말로 노래하는지 날카롭지 않은지 나는 억세고 검은 빵을 사서 돌아온다 부드러운 음성을 포기한다

노마드 취소

태연히 비를 맞기까지
능숙하게 담뱃잎을 종이에 말아 피우기까지
잠꼬대를 독일어로 하기까지
어학원 시절부터 6년이 넘는 시간이 걸렸다고 한다
무미건조한 낙원을 떠나 재미있는 지옥으로
산이 있는 서울로 갈 거라며
유학생 Y는 웃는다
부모님이 실망할 거라며 웃는다
술 한 방울 못 마시는 Y가
맥주의 나라에서 살았던 그가 내게 술잔을 내민다
트렁크는 20킬로그램을 넘지 않게 하세요
칼을 사지 마세요
이민 사회에 깊숙이 들어가지 마세요
많이 모으지 말고 가볍게 지내세요
겨울은 끔찍하고 우울할 거예요
여기서 잠시 사는 거란 걸 잊지 말아요
좋게 돌아가려면
돌아갈 거라면

애인

하얀 얼굴의 젊은 여자가 창문으로 나를 내다봅니다 영문 모를 미소를 띠고 한참을 바라봅니다 덩달아 나도 웃어주었습니다 하마터면 손을 흔들 뻔했어요 길쭉하고 덜 하얀 얼굴의 여자가 나타납니다 굳센 팔뚝을 가진 늙은 여자네요 그녀도 하얀 얼굴의 여자 옆에 서서 창문으로 나를 쳐다봅니다 아시아 여자 처음 보나 내 이마에 뭐 묻었나 손끝으로 문질러보는 사이 두 여자는 키스를 나눕니다 라타우스 스티글리츠 노을처럼 참 오래도 옆모습을 보여주네요

취향의 발견

그런데 이게 뭔가
초호화 카데베 백화점에서 크로스백을 샀는데
봐라, 내가 한눈에 반한, 멋지다고 느낀 이 가방은
몇 년 전까지 들고 다니던 가방
부산 지하도에서 소매치기가 칼집 만들었던
내가 좋다고 느끼는 이 목소리
내가 반하는 노래
멀리 베를린까지 와서 나는
비슷한 패턴으로 살고 있다
만날 머쓱한 순간이 온다

타할레스

흑발에 몸매 좋은 남자가 무대 위에 있었다 나는 어두운 관객석 맨 앞줄에 몸을 숨겼다 쉬잇, 빌어먹을, 늦었다고, 한밤중이야, 짧은 대사만 들렸다 그는 연습중이었나보다 곧 무너질 것 같은 건물의 공연장에 문이 열려 있기에 얼른 들어왔다 덩치 크고 사나워 보이는 금발의 사내가 떠버리 노숙자처럼 중얼거리며 내 뒤를 따라왔기 때문이다 배우가 퇴장하고 불이 켜졌으나 아무도 일어나는 기척이 없었다 뒤돌아보니 죽은 사람들만 가득했다 아니, 전 세계 전통 의상을 입은 인형들이 참혹한 몰골로 찢어진 채 피를 흘리며 의자에 앉아 있었다 내 옆의 것은 등이 부러져서 나를 보고 키득키득거렸다 움직이지는 않았지만 웃음소리가 들렸다 난 또 얼마나 더 오래 여기서 일인극을 할 수 있을까

소시지

도무지 뭘 골라야 할지
흰 거 샛노란 거 붉은 거 거무스름한 거 수백 가지 종류의 크기도 굵기도 다른 거
그나마 익숙해 뵈는 몇 개를 사왔다
도마 위에 길쭉하게 세 개를 나열해놓았다
오래 굶어서 상상력이 왕성한가
손대기가 그렇다
데친 아그리아옹 집어서 소시지들 덮어버렸다
낮에 누드 호숫가에서 나뭇잎으로 성기를 가렸듯이

벽이 음악이 될 때

마리화나를 피우니 벽이 음악이 된다 음악에서 실재로 아름다운 도시의 야경이 보인다 창문 앞에 여자가 있고 창문 뒤에는 거위가 있고 여자의 발에 물갈퀴가 있다 첨벙첨벙 나는 헤엄을 치고 있구나 한 모금만 더 하면 나는 멋진 곡을 만들고 훌륭한 시를 쓸 수 있을까 하지만 매슈트는 대여섯 모금 빨게 해주고는 담벼락을 훌쩍 넘어 달아나버렸다 첫 경찰이 오나보지 타할레스 뒤 공터에 쭈그려앉았다

마약을 구한다면 좋은 시인이 될 수 있을까 영혼을 사고 예술을 주는 물물교환 센터는 어디 있을까 나는 지금 침대에 누워 지난 일주일 동안 한 줄도 쓰지 못했다는 걸 깨달았다 난 정말 시라는 독약이 든 술잔을 원하는가 따라 할래야 따라 할 수 없었던 속사포 래퍼 매슈트 그를 어찌 다시 만날 방도는 없을까

수치

크리스티안이 제 고양이를 하루 맡겼다 깜빡하고 종일 굶겼다가 저녁에 사료를 준다 배고팠지 미안 먹어 어서 먹으렴 얘는 한국말을 알아듣기 때문에 길게 대화할 수 있다 내가 보고 있으니 고양이는 가만히 등을 보인 채 앉아 깊은 한숨을 쉰다 자리를 피해주기 무섭게 달려들어 비스킷 부숴 먹는 소리를 낼 거면서

먹는 일은 싸는 일처럼 부끄러운 게 아니지만 싸는 것처럼 쑥스러울 때가 있다 내가 뭐라는 거니 이 지껄임도 너무 본능적이다 누가 보고 있으면 먹으려고 사는 게 들켜버리는 것 같다 쓰는 일도 작은 숟가락으로 푸딩 같은 자기 속을 떠먹는 거야 쥐구멍을 헤집는 고양이로 보일 거야

하리보 젤리

새가 지나갈 땐 나무를 지나갈 땐 그대로 있었는데
구름을 지났는데
파리 한 마리 내 곁에 오자
힘껏 때려잡았다
습관이었어
미안하다 파리야
죽은 파리를 가운데 두고
빙 둘러서 동물들을 놓아준다
개구리 악어 아기 곰 상어
이애들한테도 영혼이 있다면 내게도 있을 거야
아기 곰부터 먹는다
아기와 곰을 띄어 쓰니 잔혹하다
습관적으로 쓰는 게 맞는 건가
이렇게 살아도 사는 건가

김치 파워

며칠 벼르다가 멀리 알렉산더플라츠까지 가서 김치를 사왔다 제기랄 봉지를 뜯다가 천지사방 다 튀었다 사방팔방으로 한국이 보인다 노을 때문인지 나의 촌 동네가 선하다 부엌 쪽문을 닫고 벽을 수습한다 온갖 세제를 묻혀 닦아본다 하얀 페인트칠을 한 흰 벽에 김칫국물이 번져 제대로 동양화를 그렸다 액션 페인팅이 따로 없구나 큰일났다 벽을 더럽히거나 훼손하면 방을 뺄 때 원상 복구를 해놓든가 몇백 유로를 지불해야 하기 때문이다 어쩌지 여기 이주해서 사는 한국인 할머니한테 전화해서 자초지종을 설명한 후 방법을 강구했다 매일 매 순간 벽을 닦아보란다 점점 옅어질 수는 있지만 절대로 완벽하게 없어지지는 않는다면서 이 우주를 통틀어 김칫국물 얼룩을 지울 수 있는 건 아무것도 없다고 장담하신다 파독 간호사로 왔던 그 할머니는 지금도 독일인 남편이 그렇게 싫어하는 김치를 끊지 못했다 언제 자기집에 놀러와서 김치찌개 먹고 가라신다

완성

사색 형광펜을 다 썼다. 한 방울도 남김없이, 종이에 묻어 한글을 강조하던, 고유한 빛을 내던, 동그라미를 그리면 그 안이 환하던, 진주 경상대 구내 문구점 최군한테서 깎지도 않고 사온, 물량이 없다 해서 많이도 못 사온.

그런데 여기서도 판다. 그 일본산 형광펜, 자유대학 내 식당 맞은편에서도 수북이 쌓아놓고 파는, 심지어 가격까지 훨씬 싸다.

똑같은 형광펜인데, 이상하게 황금색 농도도 흐린 것 같고, 주황 잉크는 자꾸 종이를 먹는다, 아, 씨발, 욕 안 하고 끝까지 진지하게 긋고 가기가 어렵다.

왕이 죽자 왕비가 죽지 않았다

알렉스를 데리고 가서 내 방에서 재우고 싶다 스티글리츠 인근 베를린 숙소 말고 한국에서도 남쪽 변두리 진주에 가서 같이 자고 밥도 해 먹이고 쇼핑도 하고 싶다 남해 바닷가에 가서 물장구도 치고 싶다 엄마는 한국인 아빠는 독일인 명랑하고 어여쁜 내 코디네이터 외국인 등기소로 은행으로 뛰어다니며 나를 위해 시간을 내준 소녀 입국한 후 며칠 동안 내가 길을 잃을까봐 민박집까지 데리러 온 혼혈아 소녀 한국을 사랑하는 춤도 잘 추는 공부도 잘하는

구구절절 이런 이유는 핑계 나는 이 친구와 함께 한국의 밤거리를 걸으며 떡볶이랑 순대를 사 먹고 싶다 슈니첼 말고 학세 말고 독일인도 아니고 한국인도 아닌 것 같다며 울지만 얘는 두 군데 다 속한 축복받은 사람이다 자기도 안다 나는 한국말도 독일말도 잘하는 이 친구를 가이드 삼아 미국에도 가고 싶다 평범이 있다면 최대한 평범하게 개연성도 없이 플롯도 없이 말도 안 되는 소설처럼 막무가내 이 아이와 함께 한 달쯤 내 집에서 살고 싶다

백허그

아스파라거스의 계절이다 김진숙이 왔다 전국민주노동조합총연맹 지도위원이라는 여자 한진중공업 85호 크레인에서 내려와 강연하러 베를린에 들렀다 내일 귀국길에 오른단다 대여섯 명이 같이 점심을 먹고 벼룩시장을 돌아다녔다 슈파겔을 먹으러 가요 깡마른 체구에 낡은 검정색 티셔츠 짧은 커트 머리 309일간 고공에서 전사의 모습을 보여준 그녀가 귀고리를 구경한다 수공예품을 파는 할아버지 길거리 좌판 앞에서 나는 멀찍이 섰다 나한테 사달라고 할까봐 졸았다 하지만 나는 자꾸 그녀에게 가고 싶었다 저절로 다가갔다 그녀가 사랑스러워서 하마터면 뒤에서 안을 뻔했다

낮과 밤

전등이 흐리다
간접 조명을 선호하는 사람들
오래 책을 볼 수가 없어 바깥으로 나왔다
달이 내 머리 위에서 멈춘다
정지한 채 달빛을 퍼붓는다
모처럼 목욕하는 기분이다

내가 직접 전구를 바꾸겠다
전구 가게를 찾는 것뿐인데 세상을 갈아 끼우는 것도 아닌데 비장하게
달을 멈추게 했다 지금 이 영웅적 착각
프리드리히 광장 앞 신호등이 녹색으로 바뀌어도 건너지 않는다

서성거리다가 찬스를 놓쳐도
너머에 가지 않을 권리
난 말이지 사소한 풍경이 좋아 단지
암펠만을 바라보느라

이 여름의 끝

한국학연구소 입구에 국화 화분이 놓였다
엄청나게 만발한 두 개의 화분이 사원을 지키는 사자처럼 있다
방금 소장과 직원들이 낑낑대며 사 들고 왔다
국화를 대하는 태도가 사뭇 다르다
독일인 학생들과 선생들은 한국인이 지르는 탄성을 잘 이해하지 못한다
거울 앞에 선 누이 같은 꽃이건 소쩍새건
아는 게 약이든 병이든
몰라도 가을은 온다
동시에 이 순간 여름이 끝났다
독일 달력에도 여름의 끝이라고 적혀 있다
꼭 그래야 하나
열일곱 밤쯤 자고 나면 떠나야 한다
교환 교수로 온 선생은 입원해 있다
하이델베르크 광장 근처에서 신호를 무시한 채 건널목을 덮친 트럭에 치여 팔을 다쳤다
불행 중 다행이라며 그의 아내는 문병 간 우리를 오히려 안심시켰다
우리는 모두 기적적으로 살아
사소하게 여름의 끝을 지나간다
연구소 앞 자그마한 연못가에 앉아
한참 물 안을 들여다본다 손가락으로
물 위에 내 이름을 새긴다

몰라도 바람이 분다
왜 오는지 몰라도 추적추적 비 내린다
이렇게 지나가리라
내가 머물렀던 흔적도
네 마음에 물결쳤던 이 여름의 노래도

옻그릇

옻그릇을 선물 받았다
검붉은 피가 잔뜩 묻은, 파헤쳐진 심장 같다
한국에서도 써보지 않은 건데
프랑크푸르트에 오신 할아버지가 선물해주셨다
파독 광부로 오셔서 여기서 청춘을 다 보냈고 귀국할 곳이 없으시다
나를 자기 딸처럼 끌어안고 우셨다
라면을 끓여 옻그릇에 붓는데 넘쳐버렸다
눅눅해진다 눈이
이런 상태가 말라가는 중이란다
옻칠은 습한 곳에서 건조된다고 하셨다
나는 미끄러운 습지가 되어 타지에 있다
헤어드라이기를 산 일요일 오후
한국학연구소 마당 작은 연못가에 앉아 있다
노르웨이 밴드 킹스 오브 컨비니언스만 계속 듣지만
옻칠한 미운 한국산으로 서럽게 꾸덕꾸덕 마르고 있다

태양이 머무는 곳

인형극을 전공한 이애랑은 유학 와서 독일 청년과 결혼했다 노이쾰른가에 사는 그 부부는 가난하지만 접시와 옷장을 따로 쓴다 정치학을 전공하는 박수진은 여기서 10년 넘게 유학중이다 수녀원 기숙사에 살고 있고 단백질이 만들어지지 않는 희귀병과 싸우고 있다 침대 머리맡에는 내일도 깨어나게 해주소서 내가 꿀밤을 먹였지만 쪽지에 쓰인 한국말이 간절하다 우리는 또래고 수진이 가장 밝다 쿠담 거리에서 브란덴부르크까지 심야의 베를린을 걸었다 나의 귀국일은 모레다 우리는 토라진 사람들처럼 말이 없고 함께 드레스덴에 가지 못했다 나보다 훨씬 가난한 여자들이 나를 위해 곰 인형을 샀다 아마도 우리는 다시 만날 수 없을 것이다 내가 할 수 있는 일은 싱거운 소리를 하다가 〈가을이 오면〉 같은 유행가를 큰 소리로 부르는 거 그들이 읽어주는 시를 듣고 인상 쓰는 거 울지 않고 포옹하는 거 먼저 뒷모습을 보여주는 거 돌아와서 불을 켜고 더 깊이 외로울 거

문학동네포에지 085

베를린, 달렘의 노래

초판 인쇄 2023년 12월 10일
초판 발행 2023년 12월 22일

지은이—김이듬
책임편집—김민정
편집—유성원 김동휘 권현승 유정서
표지 디자인—이기준 이정민
본문 디자인—이원경
저작권—박지영 형소진 최은진 서연주 오서영
마케팅—정민호 박치우 한민아 이민경 박진희 정경주 정유선 김수인
브랜딩—함유지 함근아 고보미 박민재 김희숙 박다솔 조다현 정승민 배진성
제작—강신은 김동욱 이순호
제작처—영신사

펴낸곳—(주)문학동네
펴낸이—김소영
출판등록—1993년 10월 22일 제2003-000045호
주소—10881 경기도 파주시 회동길 210
전자우편—editor@munhak.com
대표전화—031-955-8888 / 팩스—031-955-8855
문의전화—031-955-2689(마케팅), 031-955-8865(편집)
문학동네카페—cafe.naver.com/mhdn
인스타그램—@munhakdongne 트위터—@munhakdongne
북클럽문학동네—bookclubmunhak.com

ISBN 978-89-546-9785-9 03810

www.munhak.com

문학동네